U0065234

兒童問題解決系列 ②

我的名字不是笨蛋

林玫君◆譯

◆ A CHILDREN'S PROBLEM SOLVING BOOK ◆

My Name Is Not Dummy

Written by Elizabeth Crary

Illustrated by Marina Megale

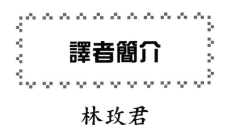

譯者簡介

林玫君

現任
國立臺南大學藝術學院院長
國立臺南大學戲劇創作與應用學系專任教授

學歷
美國亞歷桑那州立大學課程與教學組學前教育博士
美國亞歷桑那州立大學戲劇教育碩士

經歷
國立臺南大學幼兒教育學系教授兼系主任
教育部幼兒美感及藝術教育扎根計畫主持人
教育部幼托整合課綱美感領域主持人
國立臺南大學戲劇創作與應用系創系主任
香港幼兒戲劇教育計畫海外研究顧問
英國 Warwick 大學訪問學者

論文及譯著作
幼兒美感暨戲劇教育及師資培育等相關論文數十篇及下列書籍：
幼兒園美感教育（著作，心理，2015）
兒童情緒管理系列（譯作，心理，2003）
兒童問題解決系列（譯作，心理，2003）
兒童自己做決定系列（譯作，心理，2003）
在幼稚園的感受：進森的一天（譯作，心理，2002）
創作性兒童戲劇入門：教室中的表演藝術課程（編譯，心理，1995）
創作性兒童戲劇進階：教室中的表演藝術課程（合譯，心理，2010）
酷凌行動：應用戲劇手法處理校園霸凌和衝突（合譯，心理，2007）
創造性戲劇理論與實務：教室中的行動研究（著作，心理，2005）
幼兒園創造性戲劇理論探討與實務研究（著作，供學，2002）

家長們（或其他的成人）可以教導孩子如何思考

我寫了六本與問題解決有關的書，來幫助孩子學習如何解決社會問題。每本書都在探討一些孩子常常遇到的麻煩，如：和別人分享、等待、慾望、迷路、被取綽號等。孩子在思索書中的問題時，應該會充滿了興致，因為這些書的內容具互動性；它需要小聽眾或小讀者們，主動地幫助故事中的主角做決定並解決問題。

這些書為什麼不一樣

這些書看起來與眾不同，因為它們能發揮不凡的功效。它們以三種方式來教導孩子思考日常生活中面臨的問題：第一，示範「三思而後行」的過程。第二，為孩子提供多樣處理問題的方式。第三，呈現一個人的行為如何影響別人的歷程。研究中顯示，如果一個孩子愈能運用多元策略來解決自己的社會問題，他的社會適應能力就愈好。

如何使用本書

幾乎在每一頁中，你都可以找到一些問題來詢問孩子。在你讀到頁中的黑體字之前，給孩子一點時間思考如何回答這些問題。每一次討論到「抉擇」的部分（灰色欄中），讓孩子自己選擇要怎麼做。之後就翻到他們選擇的那一頁，看看會發生什麼事情。所有的替代方案並無對錯之別，我們只是提供孩子思考的機會。問題的結果能夠讓孩子自我發現──了解為什麼有些方法比另一些方法還有效果。

我也把一些和情緒有關的問題加進去，讓孩子思考當問題發生時，他們對一件事的感受是什麼。其實，對於事情的感受並無好壞之別，只是這些感覺是真實存在的。能察覺自己感受的能力，可以幫助孩子以符合自己或別人需要的方式，來思考問題解決的策略。

從故事轉到現實的生活

每本書的最後一頁，會邀請小讀者自己列出解決故事問題的其他方法。只要適當的引導，你的孩子可以利用書中的策略，來思考一些自己可能需要解決的問題。對一些不願意談論自己問題的孩子，你可以要他們討論：「如果換成書中的主角遇到這樣的狀況，他會怎麼做？」

透過閱讀這些書，你在幫助你的孩子學習怎麼做決定。更進一步地，你在教導他（她）：「思考和學習是有趣的」。孩子透過思考來學習思考，而不是經由直接的灌輸教導。盡量給予孩子充分練習思考及解決問題的機會。

祝大家玩得愉快！

Elizabeth Crary
西雅圖／華盛頓

「情緒」是人類與生俱有的本能與特點，它是一種複雜又難以用言語形容的生理反應及心理感覺。無論對大人或兒童而言，如何了解及面對自己的情緒是一件重要的事。多數的人都能接受正面的情緒如快樂、高興、喜悅或驚喜；但許多負面的情緒如生氣、悲傷、害怕或焦慮等反應，卻讓人難以接受。因此，當我們聽到孩子哭的時候，常常急著平撫：「乖乖，不要哭。」再不然，就斥責小孩：「哭什麼哭，有什麼好哭的？」當耐心磨盡時，更會威脅著說：「再哭，我就叫警察來抓你了！」通常孩子會愈哭愈大聲，不然就是被迫停止哭泣，但心中的不解與情緒的震撼，始終未被適當地疏導或解決。勉強壓抑的情緒終究會繼續發生，就像是個不定時炸彈，不知何時又會爆發。

許多負面的情緒常是因著一些生活上的問題或衝突未獲解決而產生。在面對孩子的麻煩時，大人常常以簡化的方式來擺平問題，例如在家中或教室裡，我們常會聽到成人要肇事的孩子以「對不起」、「用說的」、或是「下次不可以這樣」來解決問題。而有些大人則認為，孩子應該學著去解決自己的問題，因此，當衝突發生時，就告訴孩子：「我不管，你們自己去處理。」問題是——大人從來沒有提供任何的引導，孩子怎麼知道他可以如何解決當下發生的問題？

從小就很少有人教導我們如何去面對、接受或處理一些複雜難過的情緒與問題。多數人一直被教導著要「知禮守份」，只要乖乖聽話或用功讀書就好，其他的一概不用管，也不需要學。在生活中，「生氣罵人」是大人的權利；而「害怕」、「哭泣」是小Baby的行為。當生氣難過時，我們已經習慣去壓抑這些大人所認為的「不恰當」反應；而當麻煩出現時，我們也學著去忽略或者簡單處理這一些問題。漸漸地，當我們成為父母、為人師表時，在面對孩子的情緒反應及問題行為的當下，我們也不自覺地運用同樣的方法去壓抑這些負面的情緒及生活中的問題。

在今日瞬息萬變的社會中，孩子更是提前面對各類複雜的情緒與問題。家長與教師在處理這些狀況時，不能再如以往，用逃避或壓抑的態度來面對，他們更需要提供孩子各類的機會去了解自己的情緒且學習如何解決因應而生的問題。本書作者Elizabeth Crary就針對這個部分的需要，提供她個人的專業經驗。作者利用故事情境，為成人及孩子提供一個互動討論的空間。透過故事中的替代經驗，孩子得以發現不同的情緒表達方式與不同的行動所產生的後果。除了直接的討論外，筆者也建議成人利用戲劇扮演的方式來引導幼兒。藉此，幼兒更能深刻體認劇中人物的遭遇，並藉此來探討與自己有關的情緒經驗和社會問題。

林玟君

這是一個和小珍、小迪有關的故事。
他們通常在一起玩得很高興。
他們一起玩耍、一起聊天、也一起唱歌。

但有時候也會有一點小麻煩，就像現在這樣！

小珍正在和小迪玩，可是小迪突然叫她笨蛋。

小珍不喜歡被人家叫做笨蛋。

小珍該怎麼做，才不會讓小迪叫她笨蛋呢？

（等到孩子開始回答你的問題時，請翻到第4頁「如何使用本書」的部分，其中有如何鼓勵孩子思考的建議。）

抉擇

小珍想出九個點子，她可以——

你覺得她應該先試試看哪個點子呢？

（等待孩子的回答。然後翻到恰當的頁數，繼續這個故事。）

9

大哭

小珍決定要哭了。

她說：「我才不是笨蛋呢！」

小迪說：「妳是，妳就是，妳就是。」

小珍哭得更傷心了。

小迪開始反覆地唸：「妳是愛哭鬼，妳是愛哭鬼。」

小珍現在覺得怎樣呢？

　　既難過又生氣。她很難過，因為她不知道該怎麼辦；她也很生氣，因為她不喜歡人家叫她笨蛋或是愛哭鬼。

抉擇

你覺得小珍下一步該怎麼做？

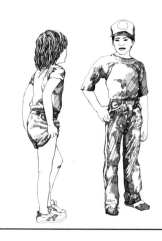

叫小迪笨蛋

小珍決定也叫小迪「笨蛋」。

她走到小迪旁邊，告訴他：「你也是笨蛋。」

小迪告訴她：「妳才是笨蛋。」

小珍說：「不，我不是。」

小迪說：「妳就是，妳就是。」

小珍現在覺得怎樣呢？

　很生氣。因為小迪還是叫她笨蛋。

小迪現在覺得怎樣呢？

　也很生氣，因為小珍也叫他笨蛋。

抉擇

小珍現在怎麼辦呢？

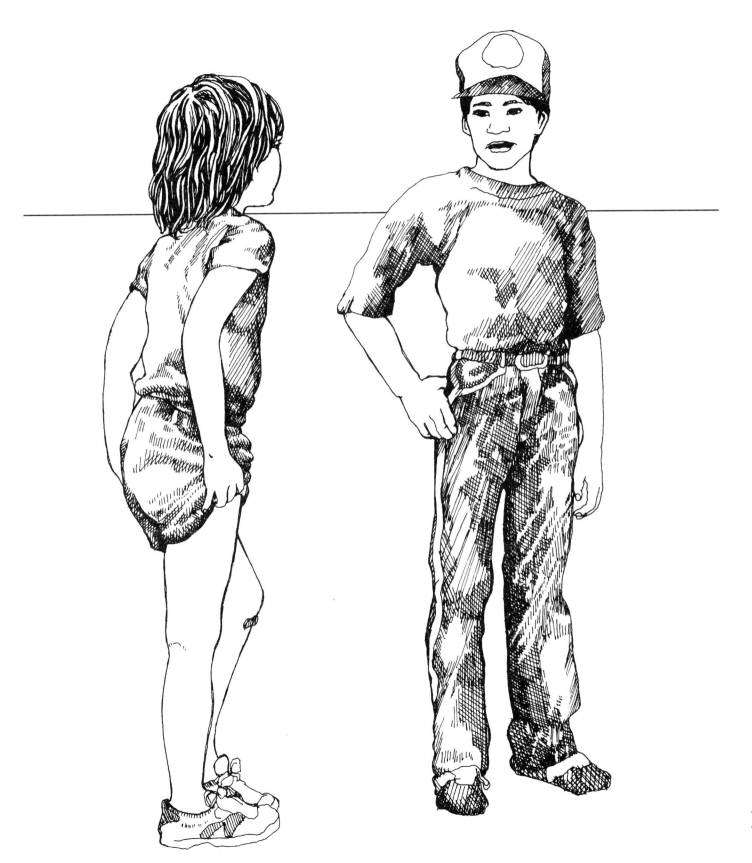

13

告小迪一狀

　　小珍決定要告訴一個大人。「小阿姨，小迪他叫我笨蛋，他很可惡。」

　　「小珍，妳真的是一個笨蛋嗎？」小阿姨問。

　　「才不是呢！」小珍回答。

　　「好，小珍，妳自己可以決定要不要為這種事難過。你想要這麼難過嗎？」小阿姨問她。

　　「我才不要呢！」小珍回答。

　　「好，那妳可以找一些其他的事情做啊！妳如果要一些建議的話，可以回來問我。」

　　小珍現在覺得怎樣呢？

　　既難過又快樂。她很難過，因為小迪叫她笨蛋；她也很高興，因為她不需要相信他說的話。

抉擇

小珍現在該怎麼做呢？

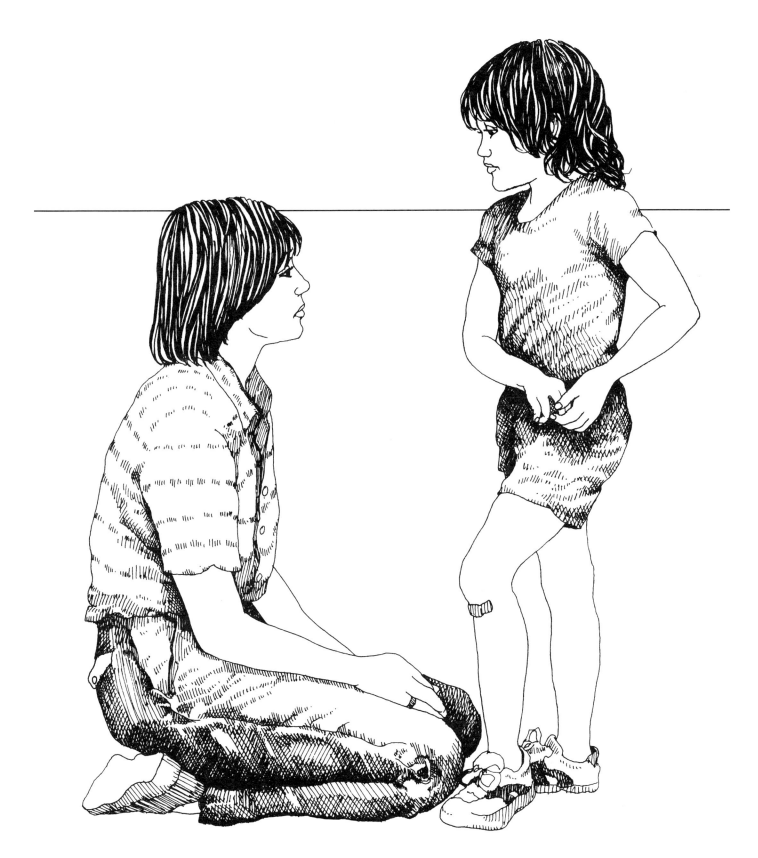

15

告訴小迪她的感覺

小珍決定要告訴小迪自己的感覺。

小珍說：「當你喊我笨蛋的時候，我覺得受傷了，而且很生氣。」

小迪卻回答：「妳本來就是笨蛋啊！」

「雖然你叫我笨蛋，但是我不會真的就變成一個笨蛋了。」小珍說。

小迪回答：「我才不在乎呢，我也很生氣啊！」

小珍現在覺得怎樣呢？

既高興又生氣。高興的是她已經告訴小迪她的感覺了；生氣的是小迪說他一點都不在乎。

抉擇

小珍現在該怎麼辦呢？

16

17

不理會那些不好的話

小珍決定不要管人家怎麼叫她。

她開始幫她的狗刷毛。小迪繼續叫她笨蛋,她假裝沒有聽到他講的話。

他又開始喃喃地唸著:「小珍是笨蛋,小珍是笨蛋。」

小珍想了兩個自己不是笨蛋的理由:一個是她常常有一些好主意;另一個是她幫狗刷毛刷得很好。

過了一會兒,小迪跑走了。

小珍現在覺得怎樣了?

　　既難過又高興。難過的是,小迪現在跑走不跟她玩了;高興的是,她知道自己不是笨蛋。

你喜不喜歡這樣的結局?

　　如果小迪一直喊她笨蛋,小珍該怎麼做呢?

（請翻到第20頁。）

18

找人幫忙

她決定找小阿姨幫忙。

「小阿姨，我覺得很難過，因為小迪一直叫我笨蛋，我到底該怎麼辦呢？」小珍問。

小阿姨回答：「我知道妳可以做三件事：

妳可以在心中想一句好話，然後假裝小迪正在跟妳講那句好話；

妳也可以想一些妳曾經做過的聰明事，當他叫妳笨蛋的時候，妳就把這些事情再想一遍；

或者妳也可以做一些出乎他意料的事情。」

「如果妳還需要更多的建議，妳就再來找我。」

小珍現在覺得怎樣呢？

很快樂。如果小迪還要叫她笨蛋的話，她已經有一些好主意了。

（請翻到第22頁。）

20

「小阿姨，什麼是不在意料中的事啊？」小珍問。

小阿姨回答：「妳可以故做輕鬆，說一些嘻嘻哈哈的話，比如說：『謝謝你啊！』或者是：『是啊！今天天氣很好！』。」

「這有什麼好處呢？」小珍很好奇的問。

小阿姨回答：「通常當別人叫妳笨蛋的時候，可能是因為妳做了什麼讓他生氣的事情，或者別人做了什麼事情讓他生氣，所以他也要讓妳覺得很生氣或很難過。所以妳不需要因為別人要妳這麼難過，妳就真的變得這麼生氣或難過；妳可以自己決定妳要生氣或者是難過。」

抉擇

小珍現在會怎麼做呢？

做一些不在意料中的事

小珍決定做一些不在意料中的事。

小迪反覆的說：「小珍是笨蛋。」

小珍回答：「謝謝你！」

小迪問：「你為什麼要跟我說謝謝？」

小珍回答：「這樣總比像你這麼無聊好吧！」

小迪什麼話都沒說。

「你想不想玩玩具啊？」小珍問。

小迪說：「好吧！」

小珍現在覺得怎樣呢？

　　很棒，她跟小迪又要在一起玩了。

小迪現在覺得怎樣呢？

　　很驚訝。他想要設法使小珍生氣，可是她卻沒有生氣。

你喜歡這樣的結局嗎？

找別人一起玩

小珍決定要找別人和她一起玩。

她剛好看到安安，安安正在玩壘球。

「安安，我可不可以和妳一起玩壘球？」小珍問。

「哇！當然好啊，太棒了，因為我們這一隊還需要一些小朋友參加。」安安回答。

小珍現在覺得怎樣呢？

　　既難過又高興。難過的是小迪令她很生氣；高興的是她有安安可以跟她一起玩。

你喜歡這樣的結局嗎？

（請翻到第28頁，看看小珍還可以怎麼做。）

27

問問小迪 為什麼要叫她笨蛋

小珍決定要問問小迪為什麼要叫她笨蛋。

「小迪，你為什麼要叫我笨蛋？」小珍問。

小迪回答：「因為妳不要跟我玩太空船的遊戲啊！」

「因為我不想呆呆的坐在太空船裡面，那很無聊耶！」小珍回答。

（請翻到第30頁。）

28

「要不然妳想做什麼呢？」小迪問。

「我也不知道，那你想做什麼呢？」小珍回答。

「我們來玩捉迷藏好不好？」小迪問。

「好啊！這真是一個好主意。」小珍回答。

小珍現在覺得怎樣呢？

　　很高興，因為小迪已經不叫她笨蛋了；很高興，因為她和小迪兩個人又可以一起玩了。

現在小迪覺得怎樣呢？

　　也很快樂，因為現在他和小珍可以一起玩兩個人都想要玩的遊戲。

你喜歡這樣的結局嗎？

想法攔

以下是小珍想到的主意。

你可以開始列下一些自己的想法，當別人叫你笨蛋的時候，可以做些什麼事？如果隨時有新的點子，可以再加上去。祝你玩得愉快！

小珍的想法	你的想法
✔ 大哭	✎
✔ 叫小迪笨蛋	✎
✔ 告小迪一狀	✎
✔ 告訴小迪她的感覺	✎
✔ 不理會那些不好的話	✎
✔ 想一些她不是笨蛋的理由	✎
✔ 找人幫忙	✎
✔ 做一些不在意料中的事	✎
✔ 找別人一起玩	✎
✔ 問問小迪為什麼要叫她笨蛋	✎
✔ 問小迪看他想玩什麼	✎

兒童問題解決系列 52020

我的名字不是笨蛋

作　　者：Elizabeth Crary

插　　畫：Marina Megale

譯　　者：林玫君

執行編輯：陳文玲

總 編 輯：林敬堯

發 行 人：洪有義

出 版 者：心理出版社股份有限公司

地　　址：231 新北市新店區光明街 288 號 7 樓

電　　話：(02) 29150566

傳　　真：(02) 29152928

郵撥帳號：19293172　心理出版社股份有限公司

網　　址：http://www.psy.com.tw

電子信箱：psychoco@ms15.hinet.net

駐美代表：Lisa Wu (lisawu99@optonline.net)

排 版 者：博創印藝文化事業有限公司

印 刷 者：博創印藝文化事業有限公司

初版一刷：2003 年 1 月

初版八刷：2016 年 3 月

Ｉ Ｓ Ｂ Ｎ：978-957-702-548-7（全套）

定　　價：新台幣 650 元（全套六冊，不分售）

解決社會問題……

兒童問題解決系列 教導兒童思考他們所遇到的問題。每個互動性的故事可讓讀者選擇主角的行動，並且知道結果為何。適用年齡為三至八歲。

本系列由 Elizabeth Crary 撰寫， Marina Megale 繪圖，林玫君翻譯。

52021 美美和咪咪都想玩小貨車

52022 小珍不喜歡被小迪叫笨蛋

52023 宗凱不想一個人玩，他想和別人一起玩

52024 修文的媽媽準備要出門，他感到難過又害怕

52025 琪美正在玩跳跳床，小志也想玩，他等不及了！

52026 佳佳和爸爸在動物園走失了，她很擔心找不到爸爸

應付強烈的情緒……

兒童情緒解決系列 介紹六種強烈的情緒。孩子可以從書中發現安全且具有創造性的方式來表達這些情緒。每個互動性的故事可讓讀者選擇主角的行動,並且知道結果為何。適用年齡為三至九歲。

本系列由 Elizabeth Crary 撰寫,Jean Whitney 繪圖,林玫君翻譯。

52011 我好生氣

52012 我好沮喪

52013 我好得意

52014 我好害怕

52015 我好興奮

52016 我好氣憤

解決人際關係的困擾……

兒童自己做決定系列 教導兒童去思考他們和其他兒童相處時可能遇到的問題。每個互動性的故事都可讓讀者選擇主角的行動,並且知道結果為何。適用年齡為五至十歲。本系列由 Elizabeth Crary 撰寫,Susan Avishai 繪圖,林玫君翻譯。

52031 有人偷了心怡的醃黃瓜,她該怎麼辦呢?

52032 小威需要安靜,他的妹妹想要玩——現在,他該怎麼辦?

52033 芳芳的一個同學總是從她頭上搶走她的帽子,她該怎麼辦?

52005 在幼稚園的感受:進森的一天

讓我們跟著進森走入他的幼稚園,去體驗一個四歲大的孩子,在學校一天生活中可能發生的狀況與感受,包含生氣、驕傲、及各種複雜的心情。透過老師的幫忙,進森慢慢練習用言語來表達他的感受。老師可以試著拿進森的例子和幼兒討論他們的感覺。在學前的階段,如何妥善表達及處理自己的感覺是非常重要的學習經驗。

本書由 Susan Conlin 與 Susan Levine Friedman 撰寫,M. Kathryn Smith 繪圖,林玫君翻譯。